치자꽃잎 같은 시간들

시작시인선 0342 치자꽃잎 같은 시간들

1판 1쇄 펴낸날 2020년 7월 20일
지은이 임재춘
펴낸이 이재무
책임편집 차성환
편집디자인 민성돈, 장덕진
펴낸곳 (주)천년의시작
등록번호 제301-2012-033호
등록일자 2006년 1월 10일
주소 (03132) 서울시 종로구 삼일대로32길 36 운현신화타워 502호
전화 02-723-8668
팩스 02-723-8630
홈페이지 www.poempoem.com
이메일 poemsijak@hanmail.net

ⓒ임재춘, 2020, printed in Seoul, Korea

ISBN 978-89-6021-505-4 04810
       978-89-6021-069-1 04810(세트)

값 10,000원

치자꽃잎 같은 시간들

임재춘

천년의 시작

시인의 말

꽃잎의 비늘
향기로 남아
사그라지는 시간들

시간은 내 곁을 흘러가는 것일까

너를 찾아가고 있는 것일까

그런 순간을
오롯이 바치려 했던
그 시간이 길었다

물고기의 그림자를 뒤집어 본다

차 례

시인의 말

제1부

제1부

바닷가 달력

외포리 횟집 벽에는
바다 달력이 걸려 있다
껌뻑이는 형광등 아래 달력을 차고 노는 바람
무쉬, 사리, 한객기, 대객기, 조금……
물 높이 시간 옆에 날짜별로 가지런히 적혀 있다
하루에 두 번씩
물결의 높이로 적혀 있다
마음의 높이도 하루에 몇 번씩 뒤집혀
그중 높은 물결이 쳐들어온다
건너편 출렁거리는 섬을 보던 헛발질
깊이 나락으로 빠졌는가, 했는데
밑바닥이 솟구치며 뭍으로 올라선다
철썩철썩 맞고 있는 몸
달력도 몸통을 뒤집으며 날개를 퍼덕인다
서로 밀어내며 다투는 시간이
외포리 달력에 묶인 줄을 당겨
울고 있다, 사리 중인 몸

질문의 그늘

창가에 서니

항아리 그림이 보름달처럼 떠있다

그늘을 배경으로 깔고

누레진 벽을 응시하고 있다

벽에 걸린 소반이며 변색된 얼룩들

분화구 같은 얼룩이 언제 생겼나

나뭇가지 사이 어둑한 밤을 후벼드는 뿌연 빛들

버리려다 쌓아놓은 질문의 흔적들

빗맞은 망치 자국 같은 그늘들

TV 앞 반달 모양 손거울이 눈을 빛내고 있다

>

나의 질문은 문 앞에서 서성거린다

극지의 어둠 속에서 어른거리는 오로라를 생각한다

검은 어둠을 희게 그려본다

차가워진

내 손을 잡아본다

두드러진 핏줄이 시냇물처럼 파랗다

도마뱀 각시

쓰다가 씻어놓고 나간 도마가
물기를 말리며 부엌을 지키고 있다
외로움에도 꼬리를 잘라주고
습습한 타일 벽 구석의 어둠에도 잘라준다

낮은 창문 틈에 꼬리가 잡힌다
미끄러지는 방향이 내 길을 잘라놓는다
침묵하는 달빛을 밟고 나섰다

시간을 잘라먹고 늦게 돌아온
감정들이 술렁거리는 부엌
온몸에 묻혀 온 냄새의 분신들이 기어 다닌다
어디인지 모를
사방으로 다니던 꼬리의 행방

머물다가 잠시 나가버린 너
보이지 않는 어디
그늘 속에서 밤을 보내는 거니?
마음의 꼬리를 잘라낸다

치자꽃잎 같은 시간들

유리문을 들여다보면
책상 앞에 고개 숙이고 몰두하는 그림이 좋았다
슬그머니 손잡이를 잡았으나
주변을 보며 망설였다
열리기를 고대하던
치자꽃잎 같은 시간들
이파리만 남아 무성한 틈이 생겼다

출렁대는 강물을 건너갈 때도
귀가 버스로 출렁거릴 때도
손잡이가 나를 잡아준다

누군가 떠나갈 때마다
뒤돌아 나의 손잡이를 다듬었다
반들거리며 낡아가는 손잡이

뒤뚱거리며 달려오는
심장 속에도 눈빛 속에도
밀치며 파고드는
니는 새로운 손삽이
호기심 가득한 눈빛으로 내게 덤비는

말똥

국경 설산으로 가는 길
거친 돌무더기와
모여 선 자작나무와
비탈진 그림자가
언덕길을 보고 있다

영역을 표시하듯 말은
길에 똥을 무더기무더기 버리고 떠났다
몸 밖으로 버린 온기에 김이 오른다
알라아르차 협곡 산비탈 목부의 집
난로의 뚜껑이 들썩거린다
창밖에 눈발이 어른거린다

말똥을 따라
사람이 사람을 정복하던 길이 굽어진다
내 발자국은 거기서 멈추고
말똥들이
눈발에 지워진다

난로 위의 주전자가 끓고 있다

이른 새벽 똥을 누며

천산산맥으로 떠난 말들을 생각한다

타지에 들다

드센 바람에
꽝꽝 언 강물을 건너
번지가 적힌 쪽지를 들고
낯선 골목에 닿았다
세월이 덮인 벽돌 주택
초록색 낡은 대문을 밀고 들어선다

너만 홀로 지내야 할 부임지
잡았던 손을 놓고 어떻게 떠나와야 하나
한참을 둘러본다
좁은 마당에 몰려 있던 쓰레기들이
우르르 내 바짓가랑이를 잡는다

먼지가 뿌연 유리문
안테나가 허리를 꺾은 창문
짧은 겨울 햇살이 길게 비추고 있다
방범 창을 통과한 그림자가 비닐 장판 위에 던져진다

머릿속에 배치도를 그려보다가
싣고 온 옹색한 짐들을 바라본다

펼쳐놓을 물건들을 밀어두고
바닥에 맨몸을 눕혀 본다
차가운 어둠이 어느새
헤어져야 할 시간을 풀어놓는다

빈자리

남쪽 지방을 관통한다는
태풍 소식이 들린다
꼭 가려던 출판기념회도 취소라는 소식이 왔다
빈자리에
마음 젖어 나가는 마당
흔들리는 감나무 가지를
비집고 드는 구름
툭,
풋감 하나 떨어진다

0.001초의 속도를 못 보았다
낙과의 컴컴한 순간에 고개 숙인 것이다

바람에 날개 꺾인 비의 틈새
떨어진 빈자리를 찾아본다
그 사이 아물었나,
흔적은 숨은 듯 보이지 않고
흔들리는 가지에 남은 감들이
잎사귀 틈에서 반질거리는
주먹을 꼭 쥐고 있다

답을 기다리는 사람

빗소리를 몰고 오는 당신
정중한 답은 위로다
다시
빗속에 열심히 이력서를 쓰는 것은
떨어졌다는 답을 꼭 해주는 그 세상 때문이다
새 이파리를 소개서에 붙이고
사진은 꽃봉오리를 매달아 다시 꾸민다
들여다보는 시간이 많아질수록
계곡은 깊어진다
서성거리는 발자국에 구름이 덮인다
세상의 어두운 소리는 귓바퀴 안에 다 모인다
푸른 기억은 곁을 떠나지 않고
메아리로 돌아오는 답신을 기다리는 사람
골똘함에 빠진 이력들이 유연함을 놓친다
떨어졌다는 소식을 기다리는
답은 먼 섬
기다림이 오래됐으므로
그는 멈출 수 없다
기다리는 답은 삶의 끝까지 흘러간다

그 깊은 잠의 안쪽

간밤엔 일찍부터 꿈을 꾸었다
불면과 잡꿈과의 사이

도스토옙스키는 『죄와 벌』을 썼다
꿈 꾼 이야기도 많이 집어넣었다고
―죄를 짓고 멀리 도망갈까?
총 앞에 서보기도 했다고
그 깊은 잠의 안쪽에
천부적 문장이 도사리고 있어
누구에게도 지지 않게 쓰고 싶었다고

시인도 소설가도 잡계급에 속한다는 번역가의 말이
맘에 콕 들어박혔다
자다가 깨어 시랍시고 시답시답 쓰는 밤
창문은 너무 빨리 밝아왔다
내 신분에 맞는
잡다한 일이
하루 종일 가득하다
씻은 손을 또 씻었다
손 닦고 또 쓰고

씻어도 모자란 죗값을 다 갚을 수 없다
잡념이 나를 품었다

외등 아래

해가 산을 넘자 어둑해진다

마당 한켠에 서있던 외등이
불쑥 불을 켜고 나를 내려다본다

울타리 아래 딸기 잎들이
몸을 움츠린다
오그라진 이파리의 틈새를
어둠이 채운다
철망 닭장의 쥐구멍을 막느라
한나절이 갔다

어둑해진 능선을 바라보니
저녁 별 하나 반짝인다
부스럭거리던 말들이
어둠 속에 눈을 껌뻑거리며 침묵을 지킨다
기다리는 편지 같은 밤을 지나며

외등이 점점 밝아진다

나미비아 사막

먼 곳을 꿈꾸었다
너를 보는 눈빛 흐릿해졌다

무지개 구름 밑 넓게 펼쳐진 자태
끝을 가늠해 보는 표정의 붉은 바닥에
이리저리
하얗게 길이 나있었다

얼마나 이 길을 걸어야 하나
뒤돌아보니
거미줄에 걸린 이슬처럼
반짝이는 빛

사막개미의 탑들이
색색의 높은 허공을 받치고 있다
외로운 바위는 울퉁불퉁한 벽에
시선의 명암을 새기고 사라진다

비를 맞다

비 맞으러 나간다
산란散亂한 마음을 씻으러 간다
빗줄기는 샤워기를 바람에 흔들며
세상을 씻어주러 온다
몸만 드러내고 있으면 그만이다
비누도 샴푸도 없지만
나무도 지붕도 간판들도
비 맞느라 분주하다
촛불을 켜던 약현성당 신부님도
성모상을 씻으며 몰려가는 빗줄기를 바라본다
노숙자도 어딘가에서 몸을 씻는다
추문에 오른 시인도
빗줄기 앞에 서있는
팔색조삼겹살구이 식당 앞
은행나무 노란 손바닥을 씻는다
대머리 식당 주인이 출입문을 열고
발판에 묻은 발자국들을 싹싹 지운다
가팔라진 빗줄기가
계절을 넘긴다

물세례가 모여

재빨리 새 길로 달려간다

백조의 깃털과 균형[*]

수박 표면에 칼끝이 닿자
잘 익은 내부가 쩍 갈라진다
손끝이 찔린다
새의 부리에 찔리듯 날카로운 통증이 지나간다

들판을 건너다 만난 천둥 소나기에
하늘이 쏟아지는 어두운 한낮
울퉁불퉁한 길을 내달려 뛰다가

풀 날에 베인 발이 부어오르는
뜨거운 한여름
물웅덩이의 표정으로 열기를 식힌다

풀잎에 얹혀 있던 깃털이
날아오른다,
더 이상 거칠 것 없는 상승의 흰빛

하늘은
구름으로 그림을 그린다
느린 속도로 날개를 털며

흩어지고 사라지고 늘어뜨린다
모여있던 어둠의 망막이 덮인다

* 살바도르 달리, 〈백조의 깃털과 균형〉(1947).

당신의 비밀번호

열쇠를 잃어버린 후
대문 키를 번호 키로 바꾸었다
꼼꼼히 비밀번호를 챙기고
아우라 미장원, 뉴 클리닝 세탁소
로또 판매소를 지나
출구 번호를 보며 지하철 안으로 들어간다
사람들은 휴대폰 삼매경에 빠져있다
자기만의 세상을 불러내고 전송한다
숫자들이 경계 없이
지하의 풍경을 빠르게 정렬한다
앉으려다 자리를 놓친 나는
지하철의 손잡이를 느리게 잡는다
휘청거리며 내려다보다
앉아있는 사람들의 스마트한
비밀번호를 훔쳐보고 싶어진다
어디론가 가는 것도 비밀
여러 개의 비밀번호를 여느라 하루 종일

가드너

더 멀리 보지 않기로 한다
오래 가꾸었던 꿈들이
또렷하게 나를 본다
모과나무, 옆엔 사과나무가
연약한 연필심을 수없이 뾰족거린다
빗방울 속에 갇힌 명자꽃 봉오리
유리 보석처럼 빛난다
꽃잎들이
바람을 타고 허공으로 날아간다
펼쳐놓은 글자가 자꾸 가지를 뻗는다
덤불 위에 피어오른 민들레
주변을 다 차지했다
어디에 손을 댈 수 있을까
다듬기엔 늦어버렸다
눈부신 정원의 천둥소리
굵어지는 빗줄기
때 놓친 가위가 봄의 안길로 사라진다
정원 너머
고시원 창문에 낙서들 다닥다닥 피어있다

제2부

꽃밥 한 상

지금은 멀리 떠나
하늘나라에 머무는 시인
그가 내민 공책에
이름 적어 넣은 적 있다
두릅 딸 때
놀러 온 친구들 적어놓는 거라고
내년에 또 놀러 오라는 말에
연도와 날짜도 또박또박 적었다
벚나무 이파리들이 팔랑거리는 나무 밑에서
정겹게 바라보던 이름들
같이 하늘 보다가
웃으며 적어 넣은 이름
잊지 않고 가끔씩 펼쳐보는지 궁금하다
마당 의자 밑에 엎드려있던
먼지투성이
강아지 한 마리 같이 보았다
조금씩 나눠주던 솔 부추
뽀얀 꽃 피어날 즈음
정성껏 차려주던 꽃 밥 한 상
떠오른다

근사한 말밥

쌀쌀한 봄날
시골 문학 행사장 가는 버스
자기만큼 힘센 사람 있냐며
단단한 팔뚝을 자랑하던 그
동네 쓰레기 치우는 일을 도맡았다고
트럭 한 대 분량은 거뜬히 혼자 들어 올린다고
그 일은 자신한테 딱 맞는다고
자랑삼아 말했다
달밤에 빈 트럭을 몰아
재활용 쓰레기를 가득 채우는 일
커다란 슬픔도 다 쪼개 담을 수 있다며
이를 드러내고 웃었다

누군가 찾아오면
커피 한 잔쯤은 사줄 수 있다고
큰맘 먹으면 밥 한 끼도 살 수 있다고
벚꽃 바람 먼지 속에 떠드는 그
법 없이는 살아도
밥 없이는 살 수 없다는
근사한 말밥 가득

버스에 탄 사람들의

궁금한 눈빛들

덩치 큰 그는

시끌시끌 덜컹덜컹 시골길을 달렸다

감자

고흐의 그림 속에 앉아있던
옛 생각이 난다
찐 감자 놓고 둘러앉으면
흰밥이 생각나 목이 메었다

부신 햇빛에 감자를 밀어주며 눈을 내리깔았다
천천히 먹으라던 어머니 흰 수건도
감자를 향해 있었다

몸속 나트륨을 빼준다고
고혈압에 좋다고
건강 주의자가 텔레비전에서
감자를 높이 치켜 올린다

살림이 구 단인 사람들은
수많은 감자 요리를 만들어낸다

내가 감자를 좋아하는 건지 잘 모르겠다
싹을 도려낸 감자를 삶아놓고 외출했다
저녁에 돌아오니 그대로 식탁에 있었다

늦은 저녁에

감자 그림자가 움찔 움직였다

불꽃이 아프다

석류가 벌어진 틈으로 빛이 스민다
조심스레 한 알씩 떼어낸 자리
완벽하게 맞물려 돌아간다

시계의 톱니바퀴가 맞물려 돌아가듯
음각으로 꽉 차게 벌어진 무늬

이맘광장 모스크 기도처, 한 벽을
그늘이 채우고 있다
촉각으로 만들어놓은 장식 앞에
사람들 엎드려 기도하고 있다

천상을 향해 높이 올라간 천장 한가운데
동그란 구멍에서 오후의 햇빛 쏟아지고 있다
그림자 조금씩 돌아가고 있다

방향 바꾸고 있다 기도의 등 위로
뜨겁게 떨어지고 있다

빛살이 틈새에 꽃으로 피어난다

>

과거로부터 미래까지
꽉 찬 기도의 시계가 채워지고 있다

몸속의 시계, 현재를 통과하고 있다

통과하는 몸속 불꽃이 아프다

짜깁기 무늬의 기억

운남성 대리大里 고성古城 안 골목 입구엔
많은 날염 천이 걸려 펄럭인다
실로 꽁꽁 동여맨
물고기 나비 은행잎 모양
제 몸 묶인 자리 흰색으로 남아
푸른 물결 바탕 붉은 치마 위에서
꽃과 사물들이 어지럽게 춤을 추며 논다

시보리 공장 손틀에 앉아서
나비, 꽃, 구름들을 동여맸던 시간들
누구에게 가는지 몰라
조금만 세게 당기면 툭툭 끊기던 실밥들
끊긴 실밥 이어 대며
밤새워 무늬를 이었던 시간들이 생각나

천을 사려고 눈빛으로 물어보니
몽당연필로 꼬불꼬불 숫자를 적어 보인다
뙤약볕에 까칠하고 버짐 핀 얼굴
친근한 눈빛
옛 시골 공장서 일하던

동네 아주머니가 거기에 있다
잊었던 무늬들이 춤을 추며 살아난다

일운면 소동리

하룻밤 바람을 끼고 잔 창문 밖
잎사귀에 가려진 살구들은
눈에 잘 뜨이지 않는 연두색이다
흔들리는 살구나무를 기어오르는 개미들
주렴 장식이다 공중에서 내려온 바람은
가시나무 울타리를 지나
무성해진 목련나무 잎에서 쉬는 중이다

전봇대 위 스피커에선
어젯밤 돌아가신 김순복 할머니의
장례식 안내 방송이 들린다
여기서 팔십 평생 사셨다는
내일 동네 뒷산에 모신다는
쩡쩡거리는 목소리는 이장이다

해변으로 가는 산책 길
죽 이어진 해풍마늘밭 둑에
바다메꽃이 방싯거리며 따라온다
늦은 봄 바다는 물결을 그러쥐었다 펼친다
갈매기도 공중을 차고 오르며

발성 연습을 하는 중이다

해당화 핀 길이 따라온다
초저녁 달빛이 바다에 떨어질 때까지
기다려본다
그림자가 게걸음으로 낮게 따라붙는 저녁

스칸디나비안 클럽

스칸디나비안 클럽 앞에서 만났지
잠깐 얼굴만 보고 헤어졌을 뿐

오래된 벽돌과 푸른 울타리가 둘러친
건물 속으로 사라진 너
꽃잎 몇 개 남은 창문가 풍경이
눈이 아프게 흔들리네
스칸디나비안 클럽 옆
어두워진 국립의료원 구석방

초록 지붕과 흰 벽의 등줄기에
스치는 바람의 울음소리

높은 빌딩들에 가려진 하늘
고개 숙인 달빛은 창문을 닫으며 사라졌지
복도 깊숙한 곳까지 약에 취한 불빛들

늘 아프게 기다리는 날들이었어,
밤중에 깨어나 서성거리는 복도
시계추는 째깍대며 남은 밤을 새겠지

핀셋이며 해머, 각도기들
낯선 물건들이 귓가에 익숙해질 무렵
붕대에 묶여 버린 생애 한순간

가까우나 아득한, 스칸디나비안 클럽에서
같이 밥 먹을 희망은 있겠지
유리창 불빛에 비치는 내 모습, 전생처럼
을지로 병원 모퉁이를 서성이네

우기

　가파른 비탈을 내려온 알락꼬리여우원숭이가 물 위에 비
친 자신의 얼굴을 흩어놓는다. 눈이 퇴화된 하얀 물고기가
깊은 물속으로 달아난다. 바오밥나무는 달을 기다리며 몸
집을 부풀리고 있다 그랑디디에몽구스가 곤충을 잡아먹으
며 뒹군다, 잠깐 비 그친 사이

　달팽이 껍데기에 줄을 감은 거미가 나뭇가지 위로 먹이
를 끌어올린다, 바람이 불자 팽그르르 돌며 다시 떨어지는
달팽이 껍데기, 바닥에서 다시 끌어올리는 거미줄의 힘이
불끈거린다. 껍데기도 알맹이도 먹고 먹히는 한여름, 떨어
지는 분홍 꽃잎을 낚아채 입에 문 도마뱀이 숨을 고르는 동
안 둥지를 가로채는 베로뻐꾸기, 땅에 떨어져 깨진 알, 나
무 숲속 쏟아지는 빗줄기, 젖은 발이 점점 깊이 빠져든다.

사라진 다리

강은 리본 같은 다리로 묶여서
들판과 건너편 산비탈 사이에 놓여 있다
단풍이 소나무 사이 고개를 내밀고
저쪽 건너편 빛나는 억새 아래
기와지붕과 붉은 감이 얹혀 있다

강이라고 하기엔 작고
개천이라고 하기엔 크다고
이름을 맘대로 불러댄다

알록달록 빛이 흘러가고
다슬기와 송사리가 놀고 있는 물 모래톱
입술을 포개듯 떨어져
떠도는 단풍잎 몇 개

어스름을 가르며
오리 한 가족이 둥둥 나아간다
그 물결에 얹힌 풍경이
미간을 찌푸리다
이쪽과 저쪽을 잇는 다리(橋)를
슬쩍 어둠 속으로 밀어 넣는다

가는 남자

생각은 단순해지고 목소리는 커진다
가랑잎 같은 내력이 수북수북 길에 쌓인다
누구를 찾는지
지나가는 사람을 자꾸 쳐다본다

서부역 리가모텔 아래
부엉이식당의 부추전 메뉴 옆에
성신 차 유리창에
이디야커피 아메리카노 간판 옆에
외투 자락 펄럭이며 간다

집으로 가는 길 집은 자꾸 지워지고
그를 따라가던 시간이 뭉툭뭉툭 잘려 나간다
플래카드가 바람에 부르르 떤다

술에 취해 간다
중얼거리며 간다
그가
나무둥치를 툭툭 치며 욕 같은 말을 건다
지나가던 사람들이 어디엔가
전화를 건다

놋다리

내 몸에 돌 하나씩 얹었네
아픈 돌, 길쭉한 돌, 네모난 돌
수십 년 쌓은 돌들 사이로
세찬 물살 지나가네,
돌다리로 엎드려 살았네
불어난 물살도 커버린 아이들도
멀리멀리 흘러가네
탄탄한 다리 사이로
송사리도 메기도 푸덕거리며
힘차게 강물을 오르네
굳은 어깨를 풀어보네
노송이 그늘을 만들어주고
절벽에는 멋진 인공폭포가
노래하며 쏟아지네
비탈을
노래하며 쏟아지네
사다리로 누워버린 다리 옆에
도시로 이어지는 고속화도로
차들의 물결이 질주하네
천년을 밟혀도 꿈쩍 않는 놋다리
멀리 가버린 너를 기다려 떠나지 못하네

풍속風速

얕은 둑을 사이에 둔 그림자
서로 엉키며 꺾이며 바람에 일렁인다
연못 둑 위 소나무 햇살 바늘 시침질로
겹겹의 물결에 무늬를 그려 넣는다

서로 다른 속도의 풍속이다
우리는 속도가 달라 늘 어긋나는 것

막연한 점치며 던지던 산가지는
바람의 각도를 크게 벌렸다 줄였다
둑 위에 어슬렁거리던 그림자가 허리를 굽힌다
적당한 거리로 멈춰있는 사이
풀잎에 반사하는 빛의 속도가
사선으로 비켜나며 어른거린다

머리카락 풀어헤친 버드나무 부푼 돛

수면에 가득 물구나무선 세상은
바람의 속도에 얽혀 든다
계산할 수 없는 것은 너무 먼 것이라고
바람이 몰려간다

물구나무서기

발갛게 잘 익은 꽃사과와
달력의 숫자들 흔들린다
높은 창문에 구름이 매달린다
유리창 너머 담쟁이 줄기와 눈빛이 얽힌다
잎 뒤편 작은 열매들
방울방울 익어가는 것 부딪친다
유난히 큰 잎들이 올망졸망 숨겨 놓은 것
줄기들은 틈새를 받쳐준다

서로 받쳐주는 추녀 아래
출렁이는 빗줄기들
높이 오른 가지 꼭대기
아슬아슬 거꾸로 매달려 있는 열매들

세상은 놓기 직전 상태로 버티는 것

균형의 저항

구멍 난 울타리도 다듬어 세우고
고픈 배를 채울 음식과 식구들을 챙기고
식탁에 노란 국화도 꽂아놓았다

언제부터인가 균형은
울타리를 빠져나가
며칠씩 집을 비우고
나는 빈틈을 메우느라 바동거렸다

정체 모를 벌레가 갑자기 눈에 들어와
바닥을 쳐야 할지 벌레를 쳐야 할지 망설이는
순간의 틈으로 잽싸게 사라지듯

나도 틈틈이 어디론가 새고 있어
그걸 아는 건 집 안의 먼지였다
먼지 속에 숨은 벌레들이
안 보이는 틈에서
잘 살고 있음을 알게 되었다

균형이 어디 가서 잘 놀다 올 때까지

빨래 건조대를 다시 세우고
저항을 털어 너는 척 창밖을 본다
나무들도
붉은 손바닥을 펄럭인다

지렁이

깨진 화분의 흙을 쏟았더니
지렁이 한 마리 나와 꿈틀거린다

어떻게 살고 있었는지
갑자기 밝은 빛에 몸 둘 바를 몰라
도망도 가지 못한다

출렁거리는 몸짓과
앞뒤를 모르는
뒤엉킨 시간이 눈앞에서 꿈틀거렸다

직립으로 분주하던 시간들
칸칸이 혼자 살고 있다는 생각, 버렸다
다시 화분에 지렁이를 넣어주고 잘 덮어주었다
혼자가 아니라는 생각을 흙 속에 숨겨 두었다

제3부

나뭇잎 태胎

기린목바구미의 긴 목은 방어에 약하다. 짧은 생을 수놈 두 마리 싸운다. 빨간 등을 서로 밀어 싸우는데 암컷은 승자를 기다리고 있다. 기다리는 시간은 목이 빠진다. 마다가스카르섬의 건기에 목들은 길게 늘어난다.

암놈은 나뭇가지 연한 잎에 딱 한 알만 낳아 봇짐을 싼다. 돌돌 만 봇짐은 바람의 등에 업혀 살며시 내려앉힌다.

사방이 말라가도 알은 속에서 견딘다. 나무줄기도 촉수를 뻗어 땅속 깊이 수맥을 찾는다. 모두 목이 빠지게 우기를 기다린다.

어둠 속에 홀로 견디는 알
마른 나뭇잎 한쪽이 꿈틀댄다.

마른 풀잎에 내 눈물이 떨어진다.

마당을 건너가는 새

문을 열자
숨었던 고요가
빠져나간다
고요의 틈

고양이가 담장 안에서 털을 고르고 있다
시들어 매달린 나팔꽃 꽃씨와
마른 포인세티아 줄기가 말을 뚝 그친다
주워놓은 솔방울에서
날개 달린 씨앗들이 쏟아졌다
싹을 틔운 뾰족한 잎들이
햇빛의 틈을 촘촘히 깁고 있다
틈새를 헤치고 뻗어간다
내 안의 잡념들이 허공으로 날아간다
틈 사이로 보이는
똑같은 키의 아파트들
어깨를 나란히 지나간다
어디에선가
돌멩이 떨어지는 소리

>

담장 꼭대기 잠에서 깨어난 고양이
훌쩍 마당을 건너가는 새

부사발의 밤 기차

대형 버스가 우리를 역 앞에 내려놓았다
빨간 티셔츠를 입은 남자들이 다가와 섰다
깡마른 검은 다리가 낡은 바지 속에 비친다
큰 가방을 머리에 두 개 이고 양팔에 하나씩
한 남자가 네 개의 가방을 들었다
기차역 타는 곳까지 무겁게 들고 뛰는 그들을
종종거리며 쫓아간다
미안해서 어쩌나
생업이니 그냥 두란다,
품삯을 받고 그들은 순식간에 가버렸으나
가녀린 몸집이 눈에 아른거린다

기다려도 오지 않는 인도 기차
연착되는 부사발역*에 밤이 내린다
어두운 철로 옆에서 사 온 도시락을 먹는데
사람들이 낯설게 쳐다본다
우리도 그들을 보며 서로 구경꾼이 된다

밤이 깊도록 오래
기차를 기다린다

인도의 겨울 안개가 유명하다는데
기차는 안개를 헤치며 오느라
언제 부사발에 도착할 지 알 수 없는 밤

* 부사발역: 인도 아잔타 석굴 근처 역.

정동진 소나무

수천 겹의 물결이 몰려왔다 갔다
여기 해안 열차 철로 옆에
한 그루 소나무를 심은 사람
어디로 갔을까
건어물 가게 앞에 앉은 갈매기들
바다 쪽으로 휙 날아간다
바람 속에서
꼿꼿하게 서있는 소나무
왁자지껄한 웃음소리 듣는다
사람들이 사라진 바닷가
깎여 나간 모래톱이 가파르다
발아래가 자꾸 무너진다
무너지는 끝에서
소나무가 솟대처럼 더 높아졌다
해안 철로의 끝도 비었다
솔가지는 더욱 촘촘히 바늘을 세운다
동쪽 끝에 와서
그대가 있는 먼 곳으로
똑바로 몸을 세워본다

칼랑위라는 물고기

새벽 다섯 시의 곤명*
낯선 도시의 하루가 꿈틀댄다
일찍 잠을 깨우는 내 안에 물고기
뻐끔거리며
하루를 시작하는 이곳은
세 개의 호수가 있다

석문호에 사는 칼랑위라는 물고기는
물결을 따라가며 알을 낳는다는데

난 강물 따라가 구름 같은 애를 낳았던가
두고 온 아이의 아침을 생각한다

떠나지 않고
태어난 고향만 고집하는 머리가 큰 칼랑위는
물풀을 먹다가 배고프면
물 위에 던져주는 해바라기씨를 받아먹는다

나는 먼바다로 떠나는 아침이다

* 곤명: 중국 운남성 성도.

기운을 다해

매미가 창가에 고요히 앉아있다

가만히 그릇을 씻기 시작하자

매미가 울기 시작한다

침묵과 소리 사이의 달팽이관을 파고든다

멈출 기세가 없다 주변을 흔들고 있다

씻던 그릇을 두고 방으로 들어온다

소낙비 같은 울음 속

안쪽 창문을 닦으며 뜨거운 입김으로

손 안 닿는 바깥을 조준해 본다

뒤꿈치를 들고 소리를 질러본다

뿌리부터 뽑아낸 악다구니를 뱉어본다

고개를 흔들어 뿌리치는 생각들

기운을 다해 운 적이 있었던가

일생의 기운을 뽑아 빽빽한 대나무 숲

크고 작은 장대로 속없이 우는 울음

통속에 흔들거리는 여백

다한 만큼 기운은 솟아나 백지가 가슴에 펼쳐진다

'안 쓰면 안 써지리라'

안 쓰던 그릇까지 닦아

가지런히 얹는다

반짝거리는 바깥의 무늬를 정돈한다

물고기 밥상

티벳의 라마 의사는
손을 보면 어떻게 살았는지 안다

사람이 죽은 후
수장水葬을 해야 할지
풍장風葬을 해야 할지
장례 방식을 정해 준다

운남성 장족藏族 사람들
새도 물고기도 안 먹는데

멀리서 온 손님이라고
큰 물고기 조림 밥상을 차려준다
밥상에 오른 물고기의
영혼은 누구일까
물가 어느 곳에서
우연히 만났었는지 모르는데

깊은 산골짝 능선 위
소나무 가지에 하얀 학처럼

물고기 지느러미를 접었다

산꼭대기 불탑에 오후의 햇빛이
유난히 빛난다

아비아네 마을

페르시안 블루의 겨울 하늘
빨간 흙벽돌집 앞에
자작나무들은 줄지어 서있다
칼카타 설산에서 흘러내린 물이 도랑을 타고
마을로 콸콸 흘러내렸다

붉은 흙길을 따라가는 동네 입구
꽃무늬 히잡을 둘러쓴 할머니
문가에 앉아
집에 들어오라고 손짓한다
안에는 손으로 뜬 주머니 몇 개
바구니에 껍질이 마른 석류들 가득하다

조로아스터교인들이 숨어 살아온
이천 미터 고지
일 년 내 설산이 비치는 창문들
모두 구멍을 낸 격자무늬 붉은 벽들
호기심도 눈동자도
햇빛들도 다 들어가 쉴 만큼 구멍이 많다

>
내 머리에 눌러쓴 히잡이 바람결 따라
등덜미에 따뜻하게 휘감겼다
눈빛 쬐는 듯 따뜻하게 빠져들었다

타크메 침묵의 탑[*]

산 밑에 둥근 지붕들
흙바닥에 그을린 아궁이 하나 있다
비어있어도 신은 거기서 기다린다
불 땐 지 오래된 냉기
가파른 산등성이 올라서니
벽돌 탑 안에
휑한 구덩이가 크게 파여 있다

망자는 가족들과 헤어져서
일 년도 넘게 구덩이에서 탈골을 기다린다
새와 바람과 곤충과 산짐승과
삶이 돌아누운 죽음의 비탈

내려오는 길에
삐쩍 마르고 꼬질꼬질한 노인이 서있다
손엔 늙은 나귀의 고삐를 잡고
말도 없이 부동자세로 서있다

침묵으로 바라보는 눈빛이

구덩이처럼 움푹 패어 있다

※ 타크메 침묵의 탑. 소모하스터교 신도의 장지.

시알크 언덕[*]

지금 내가 밟고 있는 언덕 밑에
조상이 누워있을지 모른다
오래돼 용도를 알 수 없는
꽉 막힌 두터운 벽들
안에 빈 공간도, 창문도 없이
계단처럼 올라갈 수 있을 뿐

신에게 제사를 지내고
물을 흘려보냈을 좁은 도랑들이
죽 이어져 있다
만지면 부스러질 듯 뽀얀
남자의 뼈 유골

칠천 년 전, 살았던 집터
흙 지붕 위에
나는 히잡을 쓰고 서있다
저 아랫집에 살았던
열 살 정도 여자아이
유목민을 따라
멀리 옮겨 왔을 것이다

농사꾼 쟁기에 우연히 발견된 그
야반도주를 지켜주려
언덕은 무너지는 것을 멈췄다

* 시알크 언닉: 이란 카샨이라는 도시에 있는 언덕.

무화과나무 그늘과 새

하란* 마른 평야에 시원始原이 흐른다
들여다봐도 눈에 잘 띄지 않는
조용한 저음이 햇볕에 반짝거리며 편승한다
맑은 물방울들이 풀여치처럼 튀어 오른다

풀숲이 이어지는 둑을 경계로
페르시아군이 알렉산더 대왕과 대치하던 곳
무화과 붉게 벌어진 열매
겉모양이 투구처럼 빛난다

손이 닿지 않는 높이
한낮의 새들은 하늘 속으로 날아
어깨가 치켜올라간다, 등줄기가 씰룩댄다
새들이 오기 전에 무화과 높이만큼 뛰어본다
무화과는 멀다

훔치려던 무화과나무 그늘 저편에서
돌이 날아오는 소리가 난다
눈앞이 서늘해진다,
숨어있는 보초병일까

전투의 그림자가 움찔거린다
설 곳이 좁아진다
지친 다리
다시 먼 길이 이어진다

* 히란: 동부 터키 시벙, 아브라함의 제2 고향.

종이배

지하역에서 올라가는
높은 계단 끝에서
출구의 밝은 빛이 쏟아진다

치마폭 넓은 돛이 펄럭거리며 지나가고
눈앞이 노랗게 먼지가
햇빛에 춤추며 몰려온다

등대처럼 높은 계단 끝에
환한 주황색 비닐 가방
콘크리트 벽과 보따리 사이에 정박하듯
골판지 배 야무지게 묶어둔 손길

지하와 지상 접안에서
수백 사람 통과하는 눈빛의 물결
간간이 꽃잎도 날아와 얹힌다

차가운 계단 끝에
밤 종이배를 타고 지새운
단정한 손길 어디로 갔나

열 살 나리꽃

점박이 꽃잎에 햇살이 환합니다

치마폭을 감싸 쥐고
엄마 앞에 앉던
그때도 나리꽃이 가득 피었습니다

한여름 피어나 담장을 지키던 모습
엄마가 고향 생각하며 심은 나리꽃들

소쿠리에 가득 예쁜 나리꽃을 팔러
장터에 가겠다는 나를
엄마는 붙잡으며 말렸습니다

올해도 화단에 나리꽃이 피어있습니다
열 살 추억의 예쁜 나리꽃
환한 그 앞에
쪼그리고 앉아봅니다

파나쉐[*] 향기

불면의 밤을 보내는 그랜드 부다페스트 호텔[**]
무슈 구스타브 지배인
창밖 어둠 속을 바라보고 있다
손님을 기다리는 마음이 객실을 향해 있다
파나쉐를 좋아하는 그
로비엔 은은한 향기가 가득하다

여인을 기다리며 그, 주변을 검색한다
한여름 짙은 빗줄기 속
소문으로 날아온 그녀의 장례식
창문 밖
쏜살같이 달려가던 그
파나쉐 향기를 좋아했던
아무도 몰랐던 사랑이었다
마지막
찾아가는 길은 모두가 가로막는 외줄타기
줄 위에서 졸지 마라
많은 유산을 남긴 그녀
사후를 노린 수많은 눈들이
파나쉐 향기를 따라

호텔까지 쫓는다
죽음 뒤의 검은 음모
향기는 오랫동안
사랑을 머물게 한다

* 파나쉐: 칵테일.
** 웨스 앤더슨, 〈그랜드 부다페스트 호텔〉(2014).

사물 친구

왜지?
발을 아프게 부딪쳐 오는 청소기
주변과 수없이 부딪치는 납작한 로봇
이리저리 돌아다니며 온갖 것들을 몸속에 주워 담는다
제 말만 하고 대꾸는 없다
지그재그로 다니는 무단의 움직임

말들이 난무하는 말 속에서 노란가시꽃
금작화 엉겅퀴 개망초들이 열병처럼 퍼진다
먼지를 만들며
덤불로 불룩하게 커지는 황량의 힘

멀미 나는 풀들은 밀려나도 자란다, 채운다, 틈새로
풀을 따라 양들이 여기저기 흩어져 있다

아무래도 상관없다는 듯 능선이 서로 눈인사를 나눈다
'딴 곳을 꿈꾸는 그 자리에서 물러나 주시오'

집요하게 따라오는
사물은 사물로 꽉 차는 세상을 꿈꾼다

둥근 말들

청송 과수원에 빨간 사과들
새벽안개 자욱한
비탈진 기슭까지 이어져 있다
목걸이 같다

잎 다 져버린 가지에
빛나는 빨간 입들
골짜기에
쏟아지는 화살들

쏟아진 우박이 밭고랑에 데굴거렸다
흙 묻은 깃털이 흩날렸다

가볍게 풋풋하게 가버린
사과의 계절
햇살의 꼭지 끝에
못다 한 말들이
주렁주렁 매달려 있다

당신에게 건너가는
말이 둥글어진다

제4부

밑줄을 긋는다

이마에,
개나리 입금 진달래 정리, 매화 통화를 머릿속에 넣고서
지하철로 달려갔다
바람결에
한기 들어서지 않게 잘 여몄다
커피는 불면을 가져온다고
우엉이나 국화차를 권한다
은은하고 살짝 씁쓰레한 향기가 좋다
반가운 안색의 농담
겨울 동안 서로 잘 지냈나를 점친다
감정의 습관은
얼굴에 밑줄을 하나씩 그려 넣는 것
좋은 글귀에 밑줄이 그어지듯
표정에 명암이 있다
다시 또 만나자는 밑줄을 긋고
어떻게 헤어져 갈까를 속으로 궁리한다
궁리의 틈새
천둥과 비가 쏟아진다는 떠들썩한 소리에
선뜻 일어선다

꽃봉오리에 쉼표처럼 물방울이 매달린다

아버지 별

지상의 불이 다 꺼지면

별들이 불을 켠다

길의 방향을 알려 주는 것이다

깜깜한 밤에

별을 보며

남쪽으로 걸어온 아버지

뒤따라가는 우리에게

길 알려 주느라

깜빡깜빡 신호를 보낸다

비 오는 밤에도

>

안부가 궁금한지

빗줄기에 숨어 내려와

창문의 불빛에 들키고 만다

시가 써지지 않는 날

허리에 꽃을 맨 빗자루
복도 끝에 기대어 섰다
앞마당 왁자지껄한 소리들
술병과 부딪치며 굴러다니고 있다
말의 모서리에 부딪쳐
상처받는 사물들이 있다

추녀 밑
어두운 창가에 걸린 거미줄
바람에 이따금 흔들리고 있다
베짱이가 밤을 새워 울고 있다

몸을 숙인 원고지에
잠 못 이룬 생각을 쓰려다가
시의 근원적 바탕에 대해 생각하다가
내뱉은 부질없는 말들
술잔에 넣어 휘휘 저어본다

시가 써지지 않는 날
숙취로 속이 쓰리고

쓰린 생각들, 마음 밖으로 다 쓸어내고 싶다
새벽 물가에 서성이다가
꽃을 내려놓은 빗자루가
간밤에 흩날린 꽃잎 파편들을 쓸고 있다

매화 편지

아이들이 놀다 버린 종이
열어보니 매화가 피어있다
향기가 밴 듯 홍매화, 붉다

편지를 쓰고 싶은 오후
선암사 고목
홍매는 잘 있는지
눈에 어른거린다

손가락 꽉 쥔
글씨들 꼬물꼬물, 갓 핀 꽃잎 같다
맞춤법 틀려 삐쳐 나간
시옷 받침에 이파리가 돋아난다

두서없이 끼적여 나간 글씨들에
생기가 돈다

매화의 계절이다

거울의 문

화려한 벽 거울 앞에서
꼼꼼하게 화장으로 주름을 덮는다
지난한 세월의 흔적 감추고
증명사진을 찍는데
사진사가 거울을 한 번 더 보라 한다
앞머리를 내려
젊어 보이게 수정해 주겠다고 한다
의자에 앉아 카메라를 응시하는데
찰칵거리는 카메라의 파열음
사진 찍힌 나는 지금의 나인가
몇 년쯤 젊은 나인가
다들 그렇게 한다는 사진사의 위로
어색함과 수줍음이 지나간다
사진관 거울이 상기된 얼굴을 보여 준다
나는 컴컴한 뒷면의 기억 속으로 들어간다
출구를 따라 생의 어디쯤에 있는지
딱, 눈 감았다 뜨는 시간이다

별 정거장

시작은 땅 끝부터다
하늘에서 내려오는 구름도
모두 땅에서 올라간 숨이다

저 큰 구름은 냉각된 원자로의 호흡
하늘을 향해 손 내미는 지구의 거친 숨소리에
먼 행성에서 누가 찾아와 줄까

강물도 수만 걸음 심호흡 중이다
가쁜 숨을 가라앉히는
발길 앞에 높아지는 둑길 걷는다
갇힌 물풀들 위에 구름이 엉켜버렸다

궤도를 도는 우주선 속에서
파랗게 숨 쉬는 지구를 본다

내 숨이 잠긴 지구다
인간이 기구에 걸려
숨 헉헉거리는 거대한 역

잠시 쉬었다 떠나는 별들
정거장은 수리 중이다

그림자 놀이

그림자 속의 내가 놀고 있었다
매화 만발한 가지 사이
향기 나는
가지를 뻗다가 잘렸다
아문 팔을 짚어보며 걸어가는 것이다
그림자를 따라 걸어가는 것이다

바람도 그림자를 따라 움직였다
큰 나무에 기대서면 가지가 되고
돌담장에 기대서면 돌이 되었다

꽃에 다가서면 꽃이 되는가 했는데
꽃을 덮치는 짐승이 되었다
향기를 탐하는 짐승
사방을 어슬렁거리는 짐승

뚜벅뚜벅 가는 길에
잠시 사람인 척
그림자 속에 숨어있는 것이다

>

사방이 탁 트인 황무지에서
갈증을 채우려 걷고 걷는
바닥을 파헤치는 것이다

나미비아 Dune 45

당신의 아름다운 곡선을 생각합니다
모래 결로 쏙 들어간 몸통이 흰 거미를 생각합니다
당신의 뜨거운 몸
내 발은 화덕에 넣었다 꺼낸 듯
물집이 부풀어 오릅니다
푹푹 빠져드는 발목을 당신에게서
빼고 싶지 않습니다
한없이 작아져 능선의 품속으로 들어갑니다

투명한 유리알과 검붉은 쇳가루의 표정
많은 생각이 붉은 회오리로 날아오릅니다
겹겹의 그늘은 떨리는 눈꺼풀입니다
눈물이 마른 채 당신의 경계를 생각합니다

한 그루 리로버아카시아의 깊은 뿌리만이
블루비스트가 쉴 수 있는 고독한 그늘을 지어놓습니다

오아시스가 출렁이며 저만치 손짓합니다
신기루는 달려도 달려도 먼 거리에 있습니다
삶의 곡선은 틈새로 서리다가 이내 스러집니다

발길이
별빛에 가 닿을 때까지
사막에서 머무르겠습니다
모래와 바다는 맞닿을 때 울지만

삶은 끝이 안 보이는 사막입니다
몇 광년의 거리가 저만치 손짓하고 있습니다

성묘

부모님 산소에 가는 중인데
고속도로 위로 비가 쏟아지고 있다
옆에 검은 운구차가 비상등을 깜빡이며
지나고 있다
그 뒤엔 〈○○상조〉 라고 쓴 큰 버스가
가족을 태웠는지 천천히 따르고 있다
우리가 가는 방향이다
방향이 같은 훗날이 쫓아온다,
비가 살짝 낙하 속도를 늦추며 가늘어지고 있다
다행이다
나도 천천히 가고 싶다

근기根氣라는 말

귀하다는 것
귀하다는 말들
그 자체로 귀한 것
그냥 귀한 것이 아닌
그리워지는 것들

뾰족이 올라오는 싹이 귀하고
허공을 뚫고 새가 되는 네가 귀하고
연둣빛 봉오리 부푼 날갯짓
뽀얀 백합이 마음의 동요를 일으키고

향기 피워 내기를
꿀벌이 찾아올 때까지 멈추지 않는 것
구근으로 땅속에 잠들기를 멈추지 않는 것
둥글게 잠든 것을 보여 주지 않는 것

각자의 이름표를 달고
수행하듯 꿈쩍 않고도
천천히 피어오르는
드러나지 않는 뿌리의 기운이라는 말
숨어있던 아기의 젖니가 부시게 돋아나는,

축軸에 기대다

누군가 조심스레
담벼락에 기대놓은
목발 한 쌍을 보았다
손잡이 부분은
때에 절었으나 꼿꼿한 다리

그를
걸음마시키며
일으켜 세운 축이었다고
휴식이라고
담벼락에 기대어
며칠을 더 있었는데

어느 날
머물렀던 흔적만 남기고
어디론가 떠났다

제대로 걷지 못해 뒤쳐졌던 시간
말 못 하는 존재들에 기대어 살았다
혼잣말로 중얼거리며 허리춤을 추켜올렸다

흐린 하늘을 밀어내며
빗줄기도
어디론가 가버렸다

어떤 순간

자벌레가 몸을 시옷 자로 접었다 편다
이슬 맺힌 풀잎을 재며 간다
접힌 시옷 발끝에 이슬이 붙어 투명한 신발이 된다
자벌레의 잣대가 커지며
이파리 위를 성큼성큼 건넌다
욕심이 생긴 듯 방울진 잎사귀 위를 건너뛴다

쏜살같이 내려온 새가 낚아채서
햇살 퍼지는 공중으로 날아오른다
놀라 올려다보니
잣대가 부러져 부스러기가 가물가물
까뭇한 그림자가 날아내린다

생명이 짚어 가는 길들이
포클레인에 기습 공격을 당하고 있다
어떤 순간을 수색당하느라
흙을 튀기며 소란스럽다
굉음에 방어도 못 하고 어쩔 줄 모르고 있다
숲길에 감춰져 있던 발목들이
단말마로 뛰쳐나온다
순간, 뒤집힌 터전이 부서지고 있다

소리의 정체

귀를 찌르는
사이렌 소리가 한바탕 지나간다,
구급차일까? 불이 난 걸까?
연기도 냄새도
내다보는 이도 보이지 않는다
어제 일을 정리하는 뉴스는
바람 소리 자작자작
톤을 맞추고 키를 맞춘다

세월호의 세월 흘러가는 장면이
우울한 소리의 어깨를 뚝 치며 지나간다
낮에 들은 다급한 소리의 정체는
누구일까,
채널 돌려도
뉴스에는 안 나오는 소리들이
세상을 채우고 있다
모자이크 처리된 얼굴들이
다른 소리의 틈새를 지나간다

아, 가을
벌레 소리가 귀를 막는다

흙 한 고봉 올리다

커다란 양푼에 밥과 김치를 버무려
숟가락 하나씩 툭툭 꽂아
어서 먹으라고 했던 어머니,
돌아가셨다
감자 한 솥 삶아 솥째 놓아두고
욕 걸쭉하게 하시던 시어머니
돌아가셨다

자식을 열 명 낳았다고
자랑스럽게 여기는 목소리 큰 여장부
그 옛날에
방학 맞아 내려온 사촌 팔촌 조카들
먹을 것 꼭꼭 챙긴 젊은 시절

식사 못 넘긴 지 며칠 만에
구십육 세 숨을 내려놓았다

모두들 관 위에
흙 한 삽씩 고봉으로 올려드린다
잔디도 불룩하게 올려드린다

\>

머리가 희끗한 사촌은

꿀맛 같은 어릴 적 그 맛을 잊을 수 없다고

묘소 앞에서 고픈 배를 고봉밥으로 채우며

울먹였다

밥을 욱여넣으며 고개를 끄덕였다

UFO

저 UFO는 어디선가 본 듯하다
행성에서 온 소두증 아기가
엄마 젖을 물고 있다
화성의 아이인가

모하비사막 어딘가에는
화성에서 온 외계인들이 저장돼 있다는데
우리 닮은 별의 방문인가
같이 살 궁리를 해야 한다고
NASA의 과학자들이 말했다 한다

빨랫줄에 걸린 옷들
집게에 붙잡혀 팔다리 다 벌린 채 매달려 있다
일상을 벗은 옷들, 몸이 깃발이다
펄럭이는 옷의 몸짓
UFO의 신호인가
지구와 행성을 잇는 순간이동
가고 싶은 데로 가고, 꿈대로 되리라
먼 다른 별에 도착할 때까지
아무도 모르는 비밀이다

해 설

기억의 적층에서 피워 올리는 신성과 근기의 시학

유성호(문학평론가, 한양대학교 국문과 교수)

1. 시간의 흔적으로 이루어진 경험적 도록

임재춘의 신작 시집 『치자꽃잎 같은 시간들』은, 서정의 으뜸 원리인 '시간의 흔적'으로 이루어진 경험적 도록圖錄으로 우리에게 다가온다. 그는 오랜 시간의 여정을 따라 삶의 심연을 응시하면서 머나먼 동경의 세계를 꿈꾸는 '기억의 사제'이다. 낭만적 회감回感 충동과 동시대 타자들에 대한 연민이 결합되어 있는 임재춘 시학은, 그렇게 자신만의 실존적 시간을 재현하면서 인간과 자연, 역사와 신화, 숭고와 비천에 대한 깊은 사유를 드러낸다. 이번 시집은 그러한 경험에서 비롯하는 따뜻한 공감과 서늘한 인식을 동시에 선시함으로써, 우리 서정시의 권역을 한층 넓히고 있는 사례라 할 것이다. 이 모든 것이 시인의 근작에서 우리가 읽을 수 있는 유의미한 성취요 또 비전이 아닐 수 없다.

말할 것도 없이 서정시의 가장 깊은 욕망은 시인 스스로 꾸려온 삶에 대한 회상과 그것을 토대로 한 순간적 인상의 점화點火 과정에 있다. 임재춘 시학의 돌올한 성과 역시 이러한 속성에서 말미암는다. 시인이 기획하는 인생론적 성찰 과정에는 시간의 흔적을 들여다보려는 행위가 항상 따라다니는데, 이는 시간의 흐름을 따라 스스로 축적해 온 사유를 통해 사물이나 현상을 반성적으로 바라보려는 시선과 궁극적으로 연관된다. 여기서 시간의 흐름이란 등량적으로 분절된 물질성이 아니라, 삶의 구체 속에서 이루어지는 시인 자신의 주관적 경험 형식을 말한다. 이처럼 임재춘의 시에서 우리는 시간 안에서, 시간의 흐름을 따라, 타자와 호혜적 관련성을 맺고 살아가는 세계내적 존재로 등극한다. 또한 그러한 연관성이 초래하는 기쁨과 슬픔, 깊이와 높이 그리고 전언의 투명성과 진정성을 동시에 경험하게 된다.

2. 삶의 표지標識를 탈환하는 신비로운 생성적 경험

임재춘 시의 기저基底에는 잔잔하고도 따뜻한 인생론적 서정이 흐른다. 그의 시에는 시인 스스로 겪어온 절실한 경험은 물론, 대상을 향한 한없는 사랑과 연민과 그리움이 압축되어 담겨 있다. 이를 두고 우리는 서정시의 '동일성' 원리라고 명명할 수 있을 것이다. 그것은 사물이나 현상에 시인

자신을 투사投射함으로써 독자들로 하여금 삶을 반추하게끔
하기도 하고, 새로운 세계에 대한 간접 경험을 풍요롭게 하
기도 한다. 따라서 임재춘의 시는 시인과 독자 사이의 경험
적 소통을 전제로 한 담화 양식으로서, 사물이나 현상에 대
한 면밀한 관찰과 기억을 통해 삶의 보편적 이치를 천착해
가는 속성을 거느리고 있다. 시집 표제작을 먼저 읽어보자.

유리문을 들여다보면
책상 앞에 고개 숙이고 몰두하는 그림이 좋았다
슬그머니 손잡이를 잡았으나
주변을 보며 망설였다
열리기를 고대하던
치자꽃잎 같은 시간들
이파리만 남아 무성한 틈이 생겼다

출렁대는 강물을 건너갈 때도
귀가 버스로 출렁거릴 때도
손잡이가 나를 잡아준다

누군가 떠나갈 때마다
뒤돌아 나의 손잡이를 다듬었다
반들거리며 낡아가는 손잡이

뒤뚱거리며 달려오는

심장 속에도 눈빛 속에도

밀치며 파고드는

너는 새로운 손잡이

호기심 가득한 눈빛으로 내게 덤비는

　　　　　　　　—「치자꽃잎 같은 시간들」 전문

'치자꽃잎'은 치자나무 가지 끝에 하얗게 피며 향기가 퍽 짙다. 작품 안에는 바깥에서 유리문으로 "책상 앞에 고개 숙이고 몰두하는 그림"을 기쁘게 들여다보던 오랜 기억이 있다. 손잡이를 잡으면서도 주위를 두리번거렸던 "치자꽃 잎 같은 시간들"은 이제 이파리만 남아 무성한 틈이 생겼다. 그렇게 "들여다보는 시간이 많아질수록"(「답을 기다리는 사람」) 시인의 누군가를 향한 사랑은 한없이 깊어갔을 것이다. 그 래서 여전히 그 손잡이가 '나'를 지탱해 주고 "출렁대는 강 물을 건너갈 때도/ 귀가 버스로 출렁거릴 때도" 지켜주고 있 음을 느낄 때, '나'는 누군가 떠나갈 때마다 손잡이를 다듬을 수 있었던 것이다. 그렇게 "반들거리며 낡아가는 손잡이"와 달리 "새로운 손잡이"로 다가오는 '너'는, 심장 속에도 눈빛 속에도 호기심 가득한 눈빛으로 존재한다. 시인은 가장 아 름다운 시간을 지나 새로운 시간을 맞이하는 심장과 눈빛 의 시간을 치자꽃의 강렬한 색상과 향기에 의탁하여 노래한 것이다. "더 이상 거칠 것 없는 상승의 흰빛"(「백조의 깃털과 균 형」)으로 말이다. 다음은 어떠한가.

지상의 불이 다 꺼지면

별들이 불을 켠다

길의 방향을 알려 주는 것이다

깜깜한 밤에

별을 보며

남쪽으로 걸어온 아버지

뒤따라가는 우리에게

길 알려 주느라

깜빡깜빡 신호를 보낸다

비 오는 밤에도

안부가 궁금한지

빗줄기에 숨어 내려와

창문의 불빛에 들키고 만다

―「아버지 별」 전문

　지상의 바깥에서 '별'이 되어 창문을 들여다보시는 아버지가 여기 있다. 지상의 불이 꺼지면 비로소 불을 켜는 '별'은, 누군가의 손잡이처럼, 길의 방향을 알려 주곤 하였다. 깜깜한 밤과 빛나는 별 사이를 뚫고 "남쪽으로 걸어온 아버지"는 때로 우리에게 길을 알려 주시느라 깜빡깜빡 신호를 보내시기도 하고, 때로 빗줄기를 타고 숨어 내려와 창문의 불빛에 자신의 존재를 들키시기도 한다. 맑거나 궂거나 밤이 되면 지상으로 찾아와 우리를 돌보고 비추는 아버지의 잔상殘像이 '별빛'으로 치환되면서 이 작품은 더러 낭만적이고 더러 성스럽기까지 한 소통을 지속하고 있다. 그렇게 임재춘 시인은 캄캄한 밤에도 "혼자가 아니라는 생각"(「지렁이」)에, "거미줄에 걸린 이슬처럼/ 반짝이는 빛"(「나미비아 사막」)을 늘 발견하고 이렇게 노래해 간다.

　대체로 한 편의 서정시는 시인 스스로의 경험을 되살리면서 어떤 보석 같은 순간을 항구적으로 남기려는 욕망을 담게 마련이다. 임재춘 시인은 이러한 서정시의 고전적 직능이 기억과 감각의 작용을 통해 이루어진다는 사실을 오래 전부터 증언해 왔다. 아닌 게 아니라 그는 심미적 기억을 통해 오랫동안 우리가 유예해 왔던 삶의 표지標識들을 순간적으로 탈환하면서 신비로운 생성적 경험을 노래하고 있지 않은가. 임재춘의 시는 이러한 열망 속에서 매우 빛나는 순간을 찾아내는 기억의 현상학을 아름답게 보여 주고 있는 것이다. 그 안에서 우리는 절실한 존재 확인의 순간을 만나게 되고, 그 안에 담긴 삶의 비의秘義를 직관하면서 흔치 않은 정신적 고양을 경험하게 된다. 이러한 경험은 우리에게 존재 전환의 에너지와 함께 삶을 견디고 위안해 가는 실존적 자각을 선사해 주기도 한다. 임재춘의 시는 그러한 인생론적 서정의 순간을 차근차근 우리에게 안겨 주는 세계인 것이다.

3. 기억의 적층에서 찾아가는 삶의 역리逆理

그런가 하면 이번 시집에는 존재의 기원起源에 대한 추구 과정이 가득 펼쳐진다. 서정시의 가장 중요한 원천이 지금은 사라져버린 것들의 결핍을 견뎌가는 힘에서 발원한다는 점에서, 이러한 추구 과정은 매우 불가피하고 또 그만큼 소중하다. 있어야 할 것들의 부재, 한때 존재했던 것들의 갑작스러운 사라짐, 이러한 삶의 필연적 소멸 형식에 대한 반응이 서정시의 외로운 힘이기 때문이다. 임재춘의 시는 이러한 부재와 사라짐을 받아들이고 견뎌가는 미학적 항체로서 존재하면서, 어떤 궁극적 근원을 파악하는 것이 이성으로만 되는 것이 아니라 신생의 감각으로도 가능하다는 것을 선명하게 보여 준다. 따라서 우리는 이번 시집에서 임재춘 시인 스스로의 근원적인 존재론을 만나게 되는 동시에 시인의 미학적 근본주의를 통해 새로운 세계를 열망하는 마음의 생태학을 섬세하게 감염받게 된다. 그 발원지는 아마도 시인의 뿌리 깊은 기억의 적층積層이 아닐까 한다.

발갛게 잘 익은 꽃사과와
달력의 숫자들 흔들린다
높은 창문에 구름이 매달린다
유리창 너머 담쟁이 줄기와 눈빛이 얽힌다
잎 뒤편 작은 열매들
방울방울 익어가는 것 부딪친다
유난히 큰 잎들이 올망졸망 숨겨 놓은 것
줄기들은 틈새를 받쳐준다

서로 받쳐주는 추녀 아래
출렁이는 빗줄기들
높이 오른 가지 꼭대기
아슬아슬 거꾸로 매달려 있는 열매들

세상은 놓기 직전 상태로 버티는 것
　　　　　　　　　　　　　—「물구나무서기」 전문

두루 알다시피 '물구나무서기'는 세상을 새롭게 보면서 역리逆理의 발상을 할 때 자주 원용되는 상징 형식이다. 물구나무 선 시인의 시선에는 "발갛게 잘 익은 꽃사과와/ 달력의 숫자들" 같은 일상의 문양들이 흔들리면서 들어오고, "높은 창문"에는 구름이 매달리는 순간도 찾아온다. "유리창 너머 담쟁이 줄기"와 눈빛이 얽히면서 잎 뒤에 있는 작은 열매들이 익어가는 것도 한껏 부딪쳐 온다. "유난히 큰 잎들이 올망졸망 숨겨 놓은 것"들과 "아슬아슬 거꾸로 매달려 있는 열매들"은 모두 우리의 삶이 "놓기 직전 상태로 버티는 것"임을 알려 주기도 한다. 그렇게 자세를 뒤집어 바라본 세상은 "숨은 듯 보이지 않고"(『빈자리』) 오히려 "시선의 명암을 새기고 사라진"(『나미비아 사막』) 사물의 역상逆像만이 그 모습을 드러낼 뿐이다. 이제는 사라졌거나 숨겨진 것들을 상상적으로 찾아 구성하고 있는 시인의 적공이 도드라지게 나타난 사례라 할 것이다.

내 몸에 돌 하나씩 얹었네

아픈 돌, 길쭉한 돌, 네모난 돌

수십 년 쌓은 돌들 사이로

세찬 물살 지나가네,

돌다리로 엎드려 살았네

불어난 물살도 커버린 아이들도

멀리멀리 흘러가네

탄탄한 다리 사이로

송사리도 메기도 푸덕거리며

힘차게 강물을 오르네

굳은 어깨를 풀어보네

노송이 그늘을 만들어주고

절벽에는 멋진 인공폭포가

노래하며 쏟아지네

비탈을

노래하며 쏟아지네

사다리로 누워버린 다리 옆에

도시로 이어지는 고속화도로

차들의 물결이 질주하네

천년을 밟혀도 꿈쩍 않는 농다리

멀리 가버린 너를 기다려 떠나지 못하네

—「농다리」 전문

'농다리'는 작은 돌을 물고기 비늘처럼 쌓아 올린 후 길게 늘여 만들어놓은 모양으로 이루어져 있다. 시인은 그 형상을 빌려 자신의 몸에 돌 하나씩 얹었던 세월을 톺아 올리고 있다. 그것들은 "아픈 돌, 길쭉한 돌, 네모난 돌"이어서 수십 년 동안 세찬 물살이 그 사이로 지나가도 끄떡없이 엎드려 살 수 있었을 것이다. 이제는 물살도 아이들도 멀리 흘러갔지만, 힘차게 강물을 오르는 물고기들과 함께 시인은 "천년을 밟혀도 꿈쩍 않는 농다리"에서 "멀리 가버린 너"를 기다리고 있을 뿐이다. 이 '기다림'이야말로 "분화구 같은 얼룩"(『질문의 그늘』)처럼 남은 생의 식솔들에 대한 연대 감의 표현이요, "속도가 달라 늘 어긋나는 것"(『풍속風速』)들을 향한 친화와 상생의 요청이 아닐 수 없을 것이다. 그렇게 시인은 '농다리'처럼 오래된 기다림의 형상을 삶의 양식으로 삼고 있다.

우리가 잘 알듯이, 서정시는 자기 기원(origin)에 대한 기억을 중심적 창작 동기로 삼는 양식이다. 서정시의 존재 방식은 자기 탐색과 발견을 시도하는 데 있고, 그 저류底流에는 시인 스스로 지나온 시간의 적층이 녹아있게 마련이다. 임재춘의 시는 이러한 원리를 충실하고도 선명하게 구현한 사례로서 가장 강렬한 능동적 삶의 태도가 역리의 탐구와 기다림임을 보여 준다. 오랜 시간 스스로의 경험 속에 축적해 온 시간들을 불러 모으면서 그 안에 자신이 살아온 날들에 대한 경험적 매혹을 수런거리게 한다. 특유의 감각적 구체성과 자의식의 변형을 통해 시인은 이러한 자신의 시 쓰기를 암유暗喩하고 있는 것이다. 그 기억의 적층에서 찾아가는 삶의 역리가 여기저기서 반짝이고 있다.

4. 느리고 오래된 존재자들을 향한 시선의 실감과 역동성

우리 시대는 시간의 깊이를 헤아리지 않고 그 속도감과 효율성만을 강조해 온 역사를 척박하게 이어왔다. 하지만 눈 밝은 시인은 그 가파른 속도감과 역주행하면서, 느리고 오랜 존재자들이 우리를 감싸고 있고 또 우리로 하여금 본원적 가치를 잃어버리지 않게끔 한다는 것을 발견해 간다. 이른바 변방의 존재자들을 통해 인간의 가장 소중한 가치를 암시하는 시선을 우리에게 주는 것이다. 이때 우리는 서정시를 설계하고 귀결시키는 장치로서의 '시선'을 떠올려볼 수 있다. 물론 그것은 눈동자의 물리적 운동이라는 일차적 의미를 넘어 시인 자신의 예술적 욕망을 은유하는 것이다. 무연히 대상을 바라보고 자신의 욕망을 유보한 채 사물 그대로를 응시하는 일이야말로 시선의 예술적 가능성을 극대화하는 방법론이 되기 때문이다. 시선의 응시는 그 자체로 사물의 매혹에 반응하는 일일 테지만, 서정시는 시인이 희원하는 시원始原의 차원으로 귀일하게끔 이끌어줄 테니까 말이다. 임재춘 시인의 시선이 대상을 향했다가 다시 시인 자신의 정서적 반응으로 수렴되는 과정을 따라가 보자.

석류가 벌어진 틈으로 빛이 스민다
조심스레 한 알씩 떼어낸 자리
완벽하게 맞물려 돌아간다

시계의 톱니바퀴가 맞물려 돌아가듯
음각으로 꽉 차게 벌어진 무늬

이맘광장 모스크 기도처, 한 벽을

그늘이 채우고 있다
촉각으로 만들어놓은 장식 앞에
사람들 엎드려 기도하고 있다

천상을 향해 높이 올라간 천장 한가운데
동그란 구멍에서 오후의 햇빛 쏟아지고 있다
그림자 조금씩 돌아가고 있다

방향 바꾸고 있다 기도의 등 위로
뜨겁게 떨어지고 있다

빛살이 틈새에 꽃으로 피어난다

과거로부터 미래까지
꽉 찬 기도의 시계가 채워지고 있다

몸속의 시계, 현재를 통과하고 있다

통과하는 몸속 불꽃이 아프다

　　　　　　　　　　　　　—「불꽃이 아프다」 전문

　이 작품은 "이맘광장 모스크 기도처"에서 느낀 신성神
聖에 대한 경험을 보여 준다. 이란의 이맘광장은 세계에서 두 번째로 큰 광장이다. 아름다운 '이맘 모스크'는 종교 건축물로서 마치 천상의 세계로 진입하는 느낌을 들게 할 정도로 화려하다고 한다. 그 기도처의 한가운데 있는 돌 위에 서서 기도를 하면 그 소리가 돔 안에서 메아리친다고도 한다. 그러니 이 울림은 오래도록 신神의 현전(presence)을 상징하는 것이 아니었겠는가. 시인은 그곳에서 완벽하게 구성되어 호혜적으로 떠받치는 '빛'과 '그늘'을 바라본다. 사람들이 엎드려 기도하는 곳에 오후 햇빛이 쏟아지고 그림자는 조금씩 돌아가고 있다. 그 순간 빛이 틈새에 꽃으로 피어나고 기도의 시계는 채워져 가고 시인은 "몸속 불꽃"의 통증을 느낀다. 그곳에서 "버리려다 쌓아놓은 질문의 흔적들"(「질문의 그늘」)을 만나고 "생명이 짙어 가는 길들"(「어떤 순간」)을 궁구해 보는 것이다. 이역異域에서 느낀 신성한 것에 대한 수직의 열망과, 몸속으로 찾아온 수평의 고통이, 마치 삶의 '빛'과 '그늘'처럼, 아름답게 시인을 감싸고 있는 것이다.

하란 마른 평야에 시원始原이 흐른다
들여다봐도 눈에 잘 띄지 않는
조용한 저음이 햇볕에 반짝거리며 편승한다
맑은 물방울들이 풀여치처럼 튀어 오른다

풀숲이 이어지는 둑을 경계로
페르시아군이 알렉산더 대왕과 대치하던 곳
무화과 붉게 벌어진 열매

겉모양이 투구처럼 빛난다

손이 닿지 않는 높이
한낮의 새들은 하늘 속으로 날아
어깨가 치켜올라간다, 등줄기가 씰룩댄다
새들이 오기 전에 무화과 높이만큼 뛰어본다
무화과는 멀다

훔치려던 무화과나무 그늘 저편에서
돌이 날아오는 소리가 난다
눈앞이 서늘해진다,
숨어있는 보초병일까
전투의 그림자가 움찔거린다
설 곳이 좁아진다
지친 다리
다시 먼 길이 이어진다

　　　　　　　　　　　—「무화과나무 그늘과 새」 전문

　　이번에 시인은 구약성서에 나오는 아브라함의 제2의 고
향 '하란'을 찾아, 그 메마른 평야에서 존재의 시원始原을 발
견한다. 무화과나무 그늘과 비상하는 새들의 음영陰影이 또
렷한 곳에서 시인은 잘 눈에 잘 띄지 않는 "조용한 저음"이
햇볕에 반짝거리는 것을 마치 신의 음성처럼 듣는다. 역사
적으로는 "페르시아군이 알렉산더 대왕과 대치하던 곳"이

지만 지금은 손이 닿지 않는 높이에서 한낮의 새들이 허공으로 날아가는 곳에서 말이다. 무화과나무 그늘 저편에서 돌이 날아오는 소리가 들리자 시인은 전투의 그림자를 감지하면서 "설 곳"이 좁아지고 "다시 먼 길"이 시작됨을 느끼는데, 그러한 땅에서 언제나 "침묵하는 달빛"(『도마뱀 각시』)과 "천산산맥으로 떠난 말"(『말똥』)을 생각해 보는 시인의 영적 감각이 두텁기만 하다. 그 안에는 "말들이/ 어둠 속에 눈을 껌뻑거리며 침묵을"(『외등 아래』) 지키고 있고, "세상의 어두운 소리는 귓바퀴 안에 다 모인"(『답을 기다리는 사람』) 형상을 취하고 있다. 결국 시원은 폐허이며, 그 폐허는 시인의 상상력 안에서 새로운 '빛'과 '그늘'로 태어난다. 그만큼 임재춘 시인은 이역의 타자들을 통해 깊은 신성에 가닿는 과정을 심원하게 펼쳐 보인다.

이 이역 탐방의 시편들이 보여 주는 실감은 변방의 존재자들을 통해 인간의 궁극적 관심을 암시하는 시선을 우리에게 전해 준다. 그래서 우리는 따뜻하고 낮고 느릿한 시선을 보여 주는 그의 시를 통해, 우리를 치유하고 위안해 가는 전언이 추상적 선언에 있는 것이 아니라 변방의 존재자들을 통한 구체적 실감 속에 있음을 알아가게 된다. 물론 이러한 감각은 삶이 가지는 관성에 인지적, 정서적 충격을 줌으로써 시선의 깊이를 선사해 준다는 데 더 커다란 의의가 있을 것이다. 그리고 우리는 이것이 서정시의 보편적이고 또 가장 절실한 존재 이유라고 말할 수 있을 것이다. 느리고 오래된 존재자들을 향한 시선의 실감과 역동성이 거기 있기 때문이다.

5. 언어예술로서의 '시'에 대한 자의식

임재춘의 시에는 언어예술로서의 '시'에 대한 자의식이 깊이 나타난다. 우리는 이번 시집에서 시인으로서의 자의식을 보여 주는 시편들을 많이 만날 수 있다. 물론 모든 예술은 대상 재현보다는 주체 탐색의 의미를 선차적으로 가질 때가 많다. 특별히 서정시의 경우 자기 회귀성은 훨씬 널리 인정되고 있는 속성이 아니었던가. 이때 시인은 궁극적 자아 탐구와 심미적 함축을 욕망하는 '시' 자체, 그리고 시를 쓰는 '시인' 자신에 대해 깊은 사유를 전개해 간다. 그것은 어쩌면 '시' 혹은 '시 쓰기' 과정과 삶을 등가 형식으로 두려는 의식이기도 할 것이다. 임재춘 시인은 이러한 사례들 속에서 사물과 자신을 동시에 발견해 감으로써 그 과정을 '시 쓰기'의 은유적 형식으로 변형해 간다. 아닌 게 아니라 시인이 취택하는 것들에는 한결같이 '시 쓰기'와 마찬가지의 심미성과 실존적 머뭇거림이 은은하게 번져온다.

허리에 꽃을 맨 빗자루
복도 끝에 기대어 섰다
앞마당 왁자지껄한 소리들
술병과 부딪치며 굴러다니고 있다

말의 모서리에 부딪쳐
상처받는 사물들이 있다

추녀 밑
어두운 창가에 걸린 거미줄
바람에 이따금 흔들리고 있다
베짱이가 밤을 새워 울고 있다

몸을 숙인 원고지에
잠 못 이룬 생각을 쓰려다가
시의 근원적 바탕에 대해 생각하다가
내뱉은 부질없는 말들
술잔에 넣어 휘휘 저어본다

시가 써지지 않는 날
숙취로 속이 쓰리고
쓰린 생각들, 마음 밖으로 다 쓸어내고 싶다
새벽 물가에 서성이다가
꽃을 내려놓은 빗자루가
간밤에 흩날린 꽃잎 파편들을 쓸고 있다
　　　　　　　　　—「시가 써지지 않는 날」 전문

　시인으로서는 시 쓰기의 피로감을 호소하고 싶을 때가 있
을 것이다. 시 쓰기가 잘 안 되는 날에는, 마치 허리에 꽃

을 맨 '빗자루'가 구석에 서 있듯이, "말의 모서리에 부딪쳐/ 상처받는 사물"처럼 "추녀 밑/ 어두운 창가에 걸린 거미줄" 처럼 흔들리게 마련일 터이다. 시인으로서는 '원고지'라는 현장에서 "시의 근원적 바탕"에 대해 생각하면서 "부질없는 말들"을 그저 술잔에 넣어 휘휘 저어볼 뿐이다. 그렇게 시가 써지지 않는 날에는 숙취와 속쓰림의 생각들을 마음 밖으로 다 쓸어내고 싶어진다. 이제 몸에서 꽃을 내려놓은 '빗자루' 가 간밤에 흩날린 꽃잎 파편들을 쓸고 있는 모습에서 우리 는 그가 시인으로서의 불가능성과 불가피성을 동시에 느끼 고 있음을 알게 된다. 그렇게 시인은 "천부적 문장이 도사 리고"(「그 깊은 잠의 안쪽」) 있을 끝없는 흔들림 속에서 발견하 고, "속없이 우는 울음"(「기운을 다해」)을 통해 "고요의 틈"(「마 당을 건너가는 새」)을 바라본다. 그 힘으로 시인으로서의 예술 적 근기根氣에 대해 생각하는 것이다.

귀하다는 것
귀하다는 말들
그 자체로 귀한 것
그냥 귀한 것이 아닌
그리워지는 것들

뾰족이 올라오는 싹이 귀하고
허공을 뚫고 새가 되는 네가 귀하고
연둣빛 봉오리 부푼 날갯짓

뽀얀 백합이 마음의 동요를 일으키고

향기 피워 내기를
꿀벌이 찾아올 때까지 멈추지 않는 것
구근으로 땅속에 잠들기를 멈추지 않는 것
둥글게 잠든 것을 보여 주지 않는 것

각자의 이름표를 달고
수행하듯 꿈쩍 않고도
천천히 피어오르는
드러나지 않는 뿌리의 기운이라는 말
숨어있던 아기의 젖니가 부시게 돋아나는,

—「근기根氣라는 말」 전문

'근기'는 '참을성 있게 견디는 힘'과 '근본이 되는 힘'을 모두 함의한다. 어느 쪽이든 시인으로서는 그것을 스스로에게 실존적으로 요청하고 있다. 시인으로서는 "귀하다는 말"을 통해 그 자체로 귀하고 그리워지는 것들을 노래하게 마련이다. 올라오는 싹이 귀하고 새가 되어 날아가는 사람이 귀하고, 자연스럽게 "연둣빛 봉오리 부푼 날갯짓"은 땅속에 잠들기를 멈추지 않으면서 천천히 피어오른다. 그것이 "드러나지 않는 뿌리의 기운이라는 말"이다. 이때 '근기'는 뿌리의 기운처럼 존재자의 바탕이 되는 힘을 함의하고, 시인에게는 예술적 자의식이 되어준다. "짧은 겨울 햇살"(「타지에 들다」)처럼 "기운을 다해 운 적"(「기운을 다해」)을 떠올리면서 시인은 "먼 곳으로/ 똑바로 몸을 세워"(「정동진 소나무」) 스스로를 "발길이/ 별빛에 가 닿을 때까지"(「나미비아 Dune 45」) 걷게 할 것이니까 말이다.

이처럼 임재춘의 시는 시인 스스로를 성찰하고 탐색하는 자기 확인의 속성을 강렬하게 띤다. 그만큼 시인은 시를 쓰면서 느끼는 자괴심과 자긍심을 동시에 표현하고 있다. 그러나 한편으로는 궁극적 자기 긍정의 세계를 줄곧 노래해 간다. 이러한 자기 확인으로서의 예술적 자의식은, 서정시가 노래하는 잔잔함과 역동성으로 선연하게 나타나고 있다. 이 모든 것이 자신이 궁극적으로 가야 할 '시인'으로서의 길을 암시하고 있고, 우리로서는 임재춘 시학의 근기가 바로 여기에 있지 않을까 생각해 본다.

최근 우리는 서정시가 여러 모로 위기 국면을 겪고 있다는 비평적 진단을 무수히 접하고 있다. 하지만 어쩌면 우리는 서정시의 역설적 극점이 펼쳐지는 한복판을 살고 있는지도 모른다. 그래서 서정시는 '아우슈비츠 이후'에도, '근대 문학의 종언'에도, 디지털과 알파고의 시대에도 죽지 않았을 뿐더러, 앞으로도 종말 따위를 선언하는 일은 없을 것이다. 왜냐하면 근대 이후 서정시는 한 번도 대중을 상대로 하여 정체성을 형성해 본 일이 없는 소수 장르였기 때문이다. 그러니 비유하자면, 서정시는 죽고 말고 할 것이 없다. 이처럼 대중문화와는 현격한 거리를 둔 서정시가, 우리 시대에 가장 활발한 대안적 상상력을 선사하게 된 것은 매우 아이러니컬하다. 물론 여기서 '대안적'이라는 것은, 모든 변화 과정을 예측한다는 전망 차원이 아니라, 우리가 서정시를 통해 어떤 잃어버린 가치를 탈환하려 한다는 본질 회복 차원의 것이다. 이러한 믿음을 충족해 주는 실례들로 임재춘의 시는 북적이고 있고, 그 점에서 이번 시집은 임재춘 시의 한 정점이 되고도 남을 것이다. 그래서 우리는 이번 시집을 통해 가장 종요로운 가치의 탈환과 회복 과정을 상상적으로 숱하게 경험하게 될 것이다. 이러한 완미한 세계를 이루어 낸 이번 시집을 지나 임재춘 시인은 또 다른 신성에 대한 지향과 예술적 근기로써 새로운 세계를 예비해 갈 것이다. 그 세계가 환히 예감될 만큼 이번 시집은 우리에게 한없이 따뜻한 공감과 서늘한 인지적 충격을 줄 것이다. 그렇게 이번 시집은 임재춘 시인 스스로에게나 우리 시단에나 출중한 소출의 하나로 기록될 것이다.